現代短歌ホメロス叢書 PARTⅠ――14

結城　文
Aya Yuhki

歌集

富士見

飯塚書店

富士見・目次

I

装幀　㈱ポイントライン

富士見

結城　文　歌集

I

蛍の火群

花脊《はなせ》峠越えて来たれる渓流の蛍の里に一夜宿りき

ばうとせる谷の夜闇に蛍ゐて亡き魂を曳きて飛びかふ

―物思へば沢の蛍もわが身よりあくがれ出づる魂かとぞ見る　和泉式部―

もの思へばもの思へとぞ平安の闇より生《あ》るる火垂《ほた》る火　蛍

夜空よりなほ漆黒の森の木に蛍まんだらの火は明滅す

「ほら　ここに」ほの白く浮く手のひらに草色の火の蛍《ほうたる》ひとつ

流れよりかすかにたてる有機物の匂ひや鬼火にならむとすらむ

高まるごとゆり出で消えて舞ひのぼるゆらぐ心の蛍の火群《ほむら》

だいぢやうぶ

この世での飲食やめし命へと落つる雫が夕日にひかる

もう空を見ようとしない母とをり花首深く垂るるガーベラ

雛の日の古き写真よ和服着し母の膝なり幼き我は

日一日坂を下りてゆく母を包みぬ弥生の曇りの日かげ

呼ばひても答へかへさぬわが母の目つむりしまま片手伸べくる

母に会ふたびにいひゐる「だいぢやうぶ」いへばさうとも思はれてくる

生と死のあはひさまよひゐる母に花びら降らせ薄墨桜

母残し去る病棟の水槽に熱帯魚の群れ命きらめく

わがノスタルジー

二階よりいくすぢも垂るる朝顔の藍のさざ波あとからあとから

赤あかとさす入りつ日に首深く垂れしひまはりの顔ならべたつ

宵ながら降りだす雨に夏の夜の木草青あをと匂ひたつなり

夢に色点ずるごとき鳥声の何鳥なりしかふたたび聞かず

蒼穹の浮雲にのせ流しやらむなにとはなしのわがノスタルジー

父よ父よわれを見守りゐますやと昼の星さがす咽喉《のみど》さらして

父をもつと知りたかりしと思ふ日のまためぐりきぬ祥月命日

松山城見つつ過ごししかの日々は敵機来襲におびえたる日々

護国神社へ入る橋の上弟と石投げ黒き蛇の子危《あや》む

巳年生まれの父の飛行機遭難の報来つそれより幾日経ずして

遭難機炎上しゐる火の色がある夜の眠りをきれぎれにする

風化する戦の記憶とどめむの思ひ君にもわれのうちにも

幼くて経験したる君が戦争わが戦争を書きとどむべし

戦中戦後を語る言葉の背後より燃ゆる炎の色がたちくる

ベルリンの壁のかけらの石置きて声なき声のつたふる一隅

白銀の時間

夫送り母送りたるこの家にわれの持ちたる白銀の時間

黄金の時間といふはいつならむもしあらば棺を覆ふときわかる

白銀は黄金よりも華奢にして手入れをせずば沈み黝ずむ

白銀の富士は見たりき黄金の富士いまだ見ず誰か描ける？

黄金の富士は暁　夕映の束の間近々と顕ちくるならむ

羽根ぶとんよりふはふはの白銀の雲のふとんに寝ね詩を書かむ

白銀に光るひとすぢを子の髪に見出でてにはかに言葉飲み込む

いぶし銀の梢するどき銀杏樹にそひて歩みつ今日はブーツで

心ふるふ景に遇はむとこの夏を子らと旅だつみづあさぎの空

祖谷渓——アレックス・カーの家——

軍仕様のベンツのジープに屈曲の多き祖谷渓の道を駆けゆく

アレックス・カーがはじめて日本で得し拠点かくれ里祖谷の古民家

カヤ屋根は深ぶか雨音吸ひこみて床の一、二ヶ所に荘厳の水

ボルティモア出身二十八歳のポールが三年守り来し家

をととひまで江戸の調度のこの家にアレックス・カーの居りしといへり

平らなる土地のなければ石積みて得たりし畑に白菜・葱・ハーブ

石積みし畑にポールの作りたる白菜のサラダ歯に瑞みづし

ＮＰＯのカヤ刈りも来て十人ほどゐろり赤あかと猪鍋を囲む

榛名神社へ

他界より吹きくる風に伝説とならむ水没の村を発ち来つ

暮れ早き山の榛名湖黒ぐろと立ちあがりたる水が水打つ

ボート漕ぐ人影もなし玄冬の風の受け皿となりしみづうみ

打ちあへる三角波はプリズムの屈折　鈍色の湖乱《うみらう》がはし

鳥居より矛杉すぐ立つのぼり路対岸の滝なかば凍れる

ことばならぬ声をあげつつ谷風はかがやく氷の牙を研ぎゐつ

薄ら日の参道五百余メートル大つごもりの時は傾く

京の夕

清水寺多宝閣に祀られて非公開なる仏足の石

四方四仏の囲む空間の底に照る黒大理石に彫られし足跡

十八の大阪育ちの舞子ゐて「たん熊」川床料理のスッポン

京言葉になるのがいちばんむつかしとおちよぼ口にて酒ふふみいふ

七月の第一土曜の京の夕舞子の白き顔のすずやか

鴨川を吹きくだる風だらりの帯に脇を締むれば汗は出でぬと

水流れ時は流れてむらさきに暮るる山より夕闇くだる

雪洞に灯りともればほのぼのと首の化粧の美しゅうなる

萩の花の袂涼しく膝に重ね五歳の童女とお手玉をする

さり気なく立ち居しもの言ひ気くばりの舞子が伝ふる日本の伝統

六義園

紅葉に遅速はありて江戸彼岸桜の葉むらはあらかた散りぬ

三大桜といはるる長寿の桜木はみな江戸彼岸とぞ千年生きよ

いろは楓の紅葉にはいまだ間のありて櫨の鮮烈なくれなゐに遇ふ

人間は入るを許されぬ中の島にカルガモ一羽のひょいと上陸

はろばろと北よりわたり来し鳥の数を増しつつ雪吊の庭

うす青き水に映れる秋の木の虚像はうつつの木よりくきやか

中の島の妹山背山を分ちたつ紀州の青石は森の瀑布ぞ

情念の塊か憤怒の塊か佐渡の赤石に手のひらを当つ

「流れに眠り石に口を漱ぐ」とふ――小暗き池にわが影映す

戦災にただ一つ残りしつつじ亭のつつじ古木の柱艶めく

聖なる儀式

からだ大きく生れし恐竜のかなしさはそれだけ多く食べねばならぬ

なによりも食べるが大事睦みゐし鳩はあわてて餌に飛び下りる

白米《しらよね》を食めばかなしも生くるためのこの猥雑で聖なる儀式

飽食の年の始めを樹の命しぼりて紅梅の花の咲き出づ

山かげの高麗《こま》神社への初詣で群衆のなか我はわれなる

走りぬけ来しかの日日の彩りや藻の間ゆきかふ熱帯魚の群れ

パンジーは強き花なり冬の間を咲きつづけきて今も咲きをり

桃を活けつつ

生《あ》れし子のやう匂ひたち雪ひらのなかほつかりと桃の蕾は

留守電は弟の声にて淡たんと三月三日の告別式を告ぐ

若き日に肺病みたれど麦わら帽晴耕雨読に八十五歳の死

中学生われらにはじめて賢治の詩読み聞かせたり眼鏡光らせ

誰れ彼の人影のやう三月の雨に溶け入るうすずみの石

折り返し点すぎたるのちの歳月の迅かりしかな桃を活けつつ

ヤマタイ国のヒミコが呪術に使ひしか宮居跡より出でし桃の実

佐太郎が祈りもて見し桃の葉の日の暮細くよぢれて昏し

桃の葉はいのりの如く葉を垂れて輝く庭にみゆる折ふし――佐藤佐太郎

紙袋のなかの薄明桃の実を傷つけ傷つけ風吹きやまず

桃包む袋打ちゐる雨の音しだいに激しくなりて夜に入る

他者の時間

みづからの影にて地上につながれて夏至の舗装路暗ぐらと来ぬ

ずぶ濡れの心を素手で絞りたし梅雨の末期の大夕立に

つながりによりて自分を確かめる　手に手にケータイの駅前広場

他者の時間にメロディーたのしく踏み入りてわが踏み入らるることも厭はず

目に見えぬものがわれらを統べてをり放射能　電磁波　神　然り？

頭《づ》のなかに草蜉蝣の群れが飛ぶ言葉さがして空見上ぐれば

薄衣《うすごろも》脱ぎゆくやうに空晴れてわが心の池の睡蓮の花

寡黙なる口より出でし日本語のひびき白藤の花の下かげ

山に入る道

暮れなづむ花菖蒲田に風わたりさやさや十二単衣の衣ずれ

四方から春の疾風吹きつけて今日また歩み難かりここは

生産緑地の桑畑に立つ選挙ポスター五月の風にハタハタと鳴る

大震災　ロイヤル・ウエディング　ビン・ラディンこの六十日のニュースに疲る

角まがりにはかに眩む道のはて「明日は明日」と沈む太陽

仕舞屋《しもたや》のみなこぼたれてローマ字の表札洋菓子のごとき家々

山の怖さ知らずスカートに運動靴山頂のわれら写真に笑ふ

細りつつ山に入る道ゆく人の過ぎにし時間負ひつつゆくや

見失しなひし何かを探してゆく心地一の鳥居より二の鳥居へと

願ひごとは心のうちにもちたきを古びし絵馬の風に音たつ

お祭りに特価販売のペット・ボトル青蛙ひとつ貼りつきてをり

たちまちに自然へかへる休耕田　草を濡らして朝立ちの雨

夏草野這ひもとほろふ昼顔の無防備に天に向かひて白し

混沌と生も死も溶けしづかなる日暮れ青野に雨降りやまず

過ぎて来しものらばかりが思はれていまだ思ひ出にならぬものたち

語らざりし言葉よ言葉翳り濃き歩道一陣の風に攫はる

わが裡の麦秋の野に風わたり伝はりてゆく黄金のうねり

美しきもの終末にたなびけり鴉の向かふ西の山ぎは

今日をそこにおく

あやまちは人間の領ひるがほの花点点と夏至の夕ぐれ

わたくしの今日をそこにおく赤あかと夕日の海に向きゐるベンチ

これからの余白の時間の夕空に向きて飛びたて不可思議の羽に

ポリ袋につめこまれたる赤ピーマン青ピーマンのそれぞれの夢

亡き人の誰かが挨拶に来しやうな白雲ひとつ梅雨明け近し

山稜に燃えさしのごとくかかりゐし今日の入り日のふいにかき消ゆ

夕茜うするる雲の山稜にわが空想のふたたびもどる

北極星の位置確かめむと浜に出て仰ぐ額のすずやかなりき

夏高気圧

猛暑の夏茶色・白茶の猫たちとバトルの日々がつづきてをりぬ

首輪するもなきも共どもあひ寄りてバード・テーブルの水を飲みをり

猫族の爪研ぎたるか配管のテープ・断熱材ボロボロになる

月見草咲きゐし草地が忽然とコンクリートの駐車場となる

駅の階のぼる通学・通勤者重い鎖のつながるやうだ

鬱病のふえゆくあきつ島山に居坐りてゐる夏高気圧

台風も縁をめぐりて迂回する高気圧優勢の今年の酷暑

本当に新しきメッセージ伝ふるや空のぼりゆくスカイツリーは

派兵されしアメリカ兵がすこしづつ毎日戦死――夕日が赤い

アメリカのひとつの戦史終らしめ砂まみれなるイラク撤兵

神代の風

六月の橅森をゆく天に向け幹さかのぼる水思ひつつ

手のひらを走る葉脈むかし木でありし記憶の肌に残りて

城ありて守られて来し日本の景なり里山につづく水張田《みはりだ》

わがかたへ飛び去りゆきし蜻蛉《せいれい》の古き池水の匂ひかすかに

梅雨近き木下にめうがの葉むら群れさわさわ神代の風をよろこぶ

原始共産社会のごとし泡泡より蜜蜂たちのつくりあげし巣

熟れ落ちしヤマモモ踏まれて赤黒き染みある歩道雨に匂へり

盂蘭盆の風にゆり出で月かげを曳きゆくごとし青条揚羽

眠るとは顔も手足も失ひて水にただよふ水母となること

わたりの鳥影

花びらを受くるかたちに手のひらを凹めて幼は風に向きたつ

大き口開きてひと日風吸ひし鯉のぼりの鯉たたまれてゐつ

アンデルセン　マザーグースのをぐらさよ子供時代のバラ色ならず

神仏にかかはりうすく生きし身に浴みをり空みつ蜜なる光

まだ見ざるこの世のものの多くして北さすわたりの島影を追ふ

海越えて来し封筒のみづあさぎ開けば潮騒のかすかに聞こゆ

退路なしときめて見る海入りつ日になめしし獣皮のごとき光す

銀の旋律

履きなれぬ靴にてひと日歩みをり快復期にも似たる日の暮れ

ブーツ履く長身の女がふと消えぬ車輌通過のガードの下闇

駅の階下る女性のミュールの音寝不足気味のこめかみを打つ

目の前を通りすぎゆく人影のどの履物も雨に濡れゐつ

実《じつ》をとつたかもしれなくて雨の道チリチリと降る銀の旋律

花水木のひと葉ひと葉に宿る日の今日は昨日に明日に相似る

織き織き金の鎖を首に巻き覇者などをらぬ街をゆくなり

地下鉄の階吹き下す風のなか爪先かすかに発光しそむ

うすらに赤し

事務室の窓に見てをり昼ながらうす墨いろのアンニュイの街

冬の日のあまねきなかに甲羅干す大亀小亀それぞれの眠り

剝落のごとく樹皮脱ぎ冬風にうすらに赤ししやらの木の幹

立春までほつほつ咲きつぐ紅梅のエネルギー秘めし生ならずやも

白毫《びゃくがう》の光は来たりゆりの木の苦渋のごとき幹の瘤より

駐車場の夜の車の窓暗く昼間せしやうよぎるをためらふ

マンホールの蓋踏まぬやう道をゆくさあれわが生の隙多くして

試合なき日のサッカー場ビニールの袋ふわふわ砂塵とあがる

水のある街

川沿ひに並みたつタワーレジデンス起伏なき人工の土の街ゆく

前方に右に左に橋のある景にとまどふわれ異邦人

そばだてるビルの輪郭ばうとして首都けぶりをり裡なる地図も

岸にたつゆりの木葉むらに風わたりわが妄想の雲がざわざわ

秋冷のガラスに額《ぬか》触れ天の川岸辺さがしてわが目いさよふ

川に海に近く暮ししことのなく水の恐さを知らず過ぎ来し

赤茶けし天上川の川土手にわがたなひらの時間をはかる

あてどなくたどる記憶の岸の辺に緑濃し紋章となさむ樫の木

まづは言葉の

仏壇の引き出しにのこる臍の緒のこの世にわたせしはじめての橋

シナプスとふ神経細胞の間《あひ》の橋今しばらくを灯れわがため

対岸が見えつつとどかぬ朝明けにまづは言葉の橋をわたさむ

みづからの傷舐むる日よ海越えて青き目の人にメールを送る

わたくしと他者との間に目に見えぬ橋かくること生きるといふは

歌を読みわが歌読みてもらふとき幻の橋かかる思ひす

幻の橋を言葉もてかけわたすトポスなるらむ歌会《うたくわい》といふは

青汲むやうに

まほらまの青汲むやうに冬天を飛行機雲は伸びあがりゆく

庭にきて池の金魚を待つ猫をしつと追ふやうに雑念払ふ

飛行機雲消えて静けき窓の空わが新年の問ひ投げかける

里山に連なりて立つ鉄塔を車窓に見つつ運ばれてゆく

川水の流るる方になびきゐる冬の川床に藻の草青し

天に近き峰よりつぎつぎ寒冷紗降りくるごとし日暮れといふは

灯りたるビルに重なりまなぶたの重たきわが顔映れる車窓

わが聞きしさびしきものの一つにて冬のはじめの山鳥の声

この年の終りの夕日硫黄の香強き強羅の山より送る

箱根山の峰より谷より木霊して冬の花火の音はとよもす

Ⅱ

エミリー・ディキンソン

国際エミリ・ディキンソン学会――アマースト・カレッジ――

卒論に選びしエミリ・ディキンソン当時は今より無名なりしか

訳書なく研究書なく「海図なき海を小舟」でゆく心地せり

卒論より半世紀経てわが来たりアマースト・カレッジのディキンソン学会

エミリーが「マスター」と呼びしは誰ならむ――実在か架空か論熱しゆく

エミリーが出版拒みしは何故ぞ時差ボケの頭に靄かかりきつ

木綿糸に綴じし詩稿に残りゐる水平のダッシュ（—）斜めのダッシュ（／）

ダッシュには感情移入に微差ありと思ひつつ我は論に聴き入る

被災後*の新聞にその詩引かれゐしと知りて満場の拍手となれり
＊3・11東日本大震災

パネラーの観方さまざま聴衆もそれぞれ己がエミリーをもつ

エミリーの家まだ残りゐることの嬉しも芝生に立ちて風聞く

エミリ・ディキンソンの部屋――アマーストのディキンソン邸――

エミリーが上り下りせし階段の手すりに触れつつ今わが上る

階段のアラベスク模様の壁紙の白と紫　歳月の色

エミリーは小柄なりしか――まとひゐし白きドレスのレプリカから知る

天降《あも》りくる言葉ただちにとどめむと鉛筆と紙入れゐしポケット

このベッドの上にて終焉を迎へしか詩を思ひ「永遠」を求めし果てに

眠られぬ夜の想ひはざわめける風と天空を駆けめぐりけむ

エミリーの祖父が植えたる樫の木の亭々と夏の葉むらの葉ずれ

言葉の蜜

不可思議の鳥捉へむと追ひかけて抒情の森へ歩み入りにき

分け入れば枝さしかはす木木の揺れ妖精《エルフ》のワルツ踊る木洩れ日

可能性を示しゐるにや木洩れ日はわれを誘ふ森の奥処《おくが》へ

玉ゆらのまやかしの声木より降りしづけき失意にわれ立ちつくす

木洩れ日を追ひ鳥追へば先へ先へ道は細りて抒情の迷路

空見えぬ森に迷ひてアリアドネ*の糸を持たざり帰路を見分かず

*ギリシャ神話（ミノタウロス退治のテセウスに迷路からの脱出を助けるために与えた糸）

森出でむ己への帰路さがしゐつ谷にかかれる虹の浮き橋

泉のごと湧きつつ尽きゆく蠟燭の光をわれにポエジーの森

今日といふ日を

まつすぐに生きよと言ひてくれし人思ひつつ眠る風のさわぐ夜

白き花のみ見えそめて明けゆけり昨日よりよき日ならむ　きつと

薄明にわが凭《よ》るソファーのやはらかさメール送れと再度促す

海へつづく砂丘に刻まるる風紋のわが時どきの生ぞ　吹かれし

夕暮れて郵便局へゆくならひ今日といふ日を脱ぎゆくやうに

月の夜の富士上空を動きゐる尾灯は赤し不穏ならずや

わくら葉のやうなる言葉飛び散りてがさとなにかがすべり落ちたり

ゆるやかに飛行機雲は崩れゆきわれは以前と違ふ道ゆく

日々の移ろひ

山小屋に火を焚き炎見つめゐつ命宿せるもののごとくに

花が咲き木々萌え出でて散る庭の日々の移ろひになじみつつ生く

白樺の幹がかへせる冬の日の心疲れしときに親しも

ブロックの塀に身をのべゐる猫の駅へと急ぐわれを見てをり

にごりたる帷子《かたびら》川の橋脚に真鯉らつどふ口を開きて

ひと雫ひとつ雫の集まりて川となるやうな結末をいふ

なかなかに見えこぬ出口机《き》の上の迷路の森に風のざわめく

しぶき降る駿雨のなかを蓑笠をつけしかかしのやうに立ちゐつ

遊行する心にいまだ遠けれどまだゆかぬ地の虹がわれ呼ぶ

わが身ただよふ

二人乗りの小さきヨットの帆をあげてケープ　コッドの八月の風

深ぶかと砂嘴に抱かるる湾にして北大西洋の荒波に遠し

さざ波のたつ海を見て風を知るかつてＭ・Ｉ・Ｔ*ヨット部のナンシー

*マサチューセッツ工科大学

右に左にオレンジいろの帆を寄せて風集めつつヨットは速し

孤なる帆の動きのままに風のままにま水のままにまにわが身ただよふ

海へ出るを好める者は地と違ふ水のたえまなきたゆたひを愛す

海へ出るを好める者は未踏なる領域探して進む者なり

海へ出るを好める者はかぎりなく己削ぎつつ生くる者なり

西風の島

朝あさに石壁の窓押しひらくアドリア海の風入れむため

朝凪の海にほつかり金髪の泳ぎたのしむ女《ひと》見出でたり

海に向けきりたつ岩に乾燥につよき木草のあはれ生ひたつ

たえまなく揺るる水の面たえまなく吹かるる葉むらの界にわがゐつ

縦横に枝ひろげつつ海に向けたつ赤松の大いなる木蔭

ひとすぢの水辺の葦となりて吹かるるフーヴァー島の強き西風

西風の岩にいつしかまどろめば過去は彼方より近づきてきぬ

カヤックにのりて出づればみどり藻に影のやうなる魚の行き来す

水底に沈める石のみなまるく赤石にはしる火襷《ひだすき》の白

われの知る日本の海より鹹《から》かりしアドリア海の入り江の潮《うしほ》

モンテネグロ

モンテネグロとヴェネティア人の呼びし山　今は木草なき白き岩山
（モンテネグロは黒い山といふ意味）

なにゆゑに不毛の山になりしやと雲なき空の稜線を追ふ

石の家　石の教会　石の城　古代は確とそこに立ちゐつ

石の街のほつかりと空の開くところ神は在りてもなくてもよかりき

むき出しの存在となりし岩山の沈黙がじわじわと私を石に

切妻の朱色の屋根の集落が紺碧の海と空に照り合ふ

丈高きモンテネグロ人女男《めを》問はず剣《つるぎ》をとりてよく戦ひし

夕日に向きゴムボートにて疾走す対岸の街にディナーとらむと

雲淡きアドリア海の海の色　翡翠のごとく今日はくぐもる

陽光のあふるる大地に成り出でしルッコラ　トマトの味の濃くして

ポンペイ展

裾野ひくヴェスヴィオス山が突然に怒りて埋めしポンペイの街

二千年経てふたたびの日に会ひぬ灰に埋もれゐしモザイク・石像

老いし顔許さざりし尊厳者アウグストスの大理石像

アポロンの双子の妹のアルテミス狩の女神は弓矢の名手

ブロンズのアルテミス像断たれたる弓手《ゆんで》の虚ろの暗黒おそろし

古代人の想像力の自在さの半馬半魚のヒッポカンポス
顔は人　胴体は馬　足は魚　海の怪獣ケンタウルス
戦ひと知恵の女神のミネルヴァ像凛凛たる細身のしいんと立てり

出土せし金貨銀貨は帝国を支ふる兵士らの給与のためとぞ
中庭はローマ帝国貴人らの尊びし余暇《オティウム》をすごせし空間

内なる言葉

ラジウムのやうなるもののゆらめけりとりあへずコーヒーに砂糖はいらぬ

なかなかに鏡の曇り消えざりき昨日のことはもち越すなかれ

四月　晴れ　間仕切りすべて開け放ち天窓の下にきて本を読む

気に染まぬことはしないと決めたりき枝にくる鳥庭歩く鳥

池の石に甲羅干しゐる亀のごとうたた寝せしか電話にて覚む

人が神になるために塗る白さなりレンジに温めし夜の牛乳

目覚むるたび死は近づけり昨夜《きぞ》の夢曳きて紋白の青葉に紛る

夢の道断たれしのちの薄明にわれは昆虫となりて飛びたつ

鍵をさす金属音のかそけさにわれの世界を閉ざし旅だつ

国の花は蓮なるインド青空に向ひてひらく蓮瞑想殿

国の鳥は孔雀なるインド碧瑠璃の羽の眼見つむることなく帰る

カメラ構ふるメディアの人ら銃構ふる兵士の殺気にどこか似てをり

ルーテル派福音教会の色ガラス羊をつれて歩むキリスト

未分化の未来へわたすわが橋の影にじみをり夕さざ波に

吹かれつつ夕闇の坂のぼりゆくときの間に熟せ内なる言葉

水ぐるまのある風景

水ぐるま絶ゆるなき時流しゐつ音のきよらに光《かげ》のきよらに

水ぐるまあふるる水のこぼれ落つエロスのごとく日にきらめきて

透明な気流のなかを赤とんぼ浮遊させつつ山に日は入る

いただきより見はるかす野の屋敷林ほのあたたかく暮しを抱く

空よりきて空へかへりてゆく風のわが混沌をなほ深うする

美しき距離もち直ぐ立つ幹と幹日暮の斜面に杉瞑目す

風のなか直立してゐる杉木立ある日のわれの心のかたち

紅玉の林檎

鬱屈ふかく柘植《つげ》の木のたつガラス窓われの居場所と馴れしたしみて

もの書きてこもりたる日の卓上に昏れのこりゐる紅玉の林檎

散るものの散りつくしたるわが窓に明日とどのふる闇の寄りくる

一日の明りを消しぬ枝離るる葉のやうわらわら消えてゆくもの

冬の日に油《ゆ》の光もて歳月のごとくに下る段丘の坂

人間を罪ふかきまで引きよする大東京の西に富士が嶺

「富士見」とふ地形のシムボルあまたありわが住む富士見もその一つなり

メビウスの帯のごと経し年月の冬庭に火を点じゐる薔薇

遺せしライター

あぢさゐの青紫《せいし》の花にひびきをり迷彩戦闘機の重き爆音

葉むらよりぬきたつあぢさゐの花の玉雨もよふ風に青の冴えゆく

倒るるまでは在る命なりあぢさゐの花の魂冴ゆるまで咲け

いくたびも住みかはりたり乳の香のふるさとはなし短か夜の空

わが夫の遺せしライターに燃やしゆくそのパスポート・運転免許証

川沿ひの柳は雨に濡れてをり蛙飛ぶなきコンクリートの護岸

すれ違ふ対抗列車の風圧がかすかに灯すうちなる狂気

車窓には稲わら焼く火のぽあぽあと神話のをぐらき時空へつづく

はりつめし黄金の月昇りゆく一直線に道つづく果て

空腹を感じはじめし肉体は灯りはじめし街に近づく

空腹も睡魔もありて人体のまこと正直なるを讃へむ

藤棚の下

朝鳥の声を集めて丈高し黄金の花かがよふミモザ

藤棚の葉むらを出でし熊ん蜂腹太ぶととミモザに向かふ

キィーンといふ金属音に旋回す自衛隊機の朝の訓練

藤棚の下のうす闇ゆるがせて海鳴りのごとし戦闘機の爆音

水無月のうすずみの空吹き荒るる風に目醒めぬ常より早く

こんな日がいつかもあつた風の音が終日心の中を過ぎゐつ

藤棚の薄明にゐて心するどく刹那刹那を充たしゆきたし

足場組む鉄のパイプの触るる音雨来む前のしじまにひびく

藤棚の下より昇る望の月みるみる梅雨雲に姿隠しぬ

ふたたびをあらはれし月黄金のかがやき増すを目を凝らし見る

時の小舟

埋められぬジグソーパズルの片探《ひら》す夢より醒めぬ夏のあけぼの

欠落はわが生の糧《かて》藤棚に向きてひつそり時かけて食む

打つ手がないといふ感じなりとりあへず雨来る前のひと夜を眠る

時といふ小舟にのればゆわゆわと前に後ろにたつ蜃気楼

海原は運命——時の貌《かほ》をもちわれを浮かべてやがて呑み込む

あれはわがデスティネーションの星なるか青白き炎の光を放つ

櫂に漕ぐ時の小舟につづらなむ海市の海のわが漂流記

たちかへる記憶の波にゆりゆらる朝日の赤光　月夜の白光

水仙匂ふ

南中のオリオン寒ざむ歩みきつなしくづしにわれの時死なしめて

どうにでも吹けよ北風長からぬわが額髪《ぬか》の乱れ乱して

翼もつものを羨しむ町を呑む大津波のさま見る度ごとに

予定表中止相つぎたまものの余白の時間を水仙匂ふ

徒労にて支へられしか水陽炎　道の逃げ水　わが綴る文字

無事知ればば言ひあはせしやうに原発の懸念をいひて神に祈りき

なにが起るかしみじみ分らぬ山の間に天の鍛冶場となりし日輪

自然より恐きものなし海のはて弓なりに赤し地球儀の日本

きれぎれの声――あるひはかなかな

梅雨の雨に濡れゐむ墓よ黒御影の石ひそひそと声を出だすや

津波うけし父祖の墓遠く想ふときほのぐらき時間がわれをつつみぬ

ともどもに居場所うつせし壺や像震災にも耐えし午後のしずもり

秋彼岸わが石巻を訪ね来つ三世代なる女《をみな》集ひて

過去《すぎゆき》のものばかり住む石巻誰かきて歩むわれのかたへに

大津波を川が呼ぶとは思はざりき静脈のごとき旧北上川

川つたひ奔れる津波船舶も橋にあたりて相つぎ沈む

屋根に乗り流れ来し人橋げたに当たりてたちまち水に没すと

日和山より見下ろせる橋ふたつ旧北上川の上にしづけし

鰯雲かすかに染まるあはひよりきれぎれの声――あるひはかなかな

フォール・アウト

教へられし家が見えきつものの影なき曇天の路地をぬければ

トランペットのなかに眠れるうす闇をにはかに震ひ出だせし地震

われら立つもろき地殻よひらひらと要もなき屑日々生まれしむ

一掬の谷川の水手のひらにさし出だすやうに語りはじめぬ

焼夷弾が空より降りし世を思へば避難も停電もまだましといふ

野のみどり山のさみどりとりあへず汚染されしをしばし忘れむ

放射能降下物《フォール・アウト》微量にふくむ雨に濡れ光れる夜の舗道を帰る

糸くづのやうなるものに曳かれ入るいまだ遠野に残る曲屋

花咲けばともに花見し祖《おや》たちのかへりて心の奥処がうづく

火打石に火をきり出しし祖祖《おやおや》も愛し憎しみ相争ひき

きららかな街の灯影に原発を意識する3・11以後は

とほうもなき善と悪とをかね備ふ――神と呼ばむか悪魔と呼ばむか

火のエナジー核のエナジーに百年に足らぬ命をゆだねつつ生く

ひと日ひと日のゆきかひ

わが街にも英会話学校とパチンコ店駅前にありて明るく灯す

山茶花の今年の花は遅くして寒の底ひをいまだ咲きをり

ほつり　はらり　新年迎へて咲く常の紅梅の花いまだひらかず

ひと月余の乾燥ののち雨ありて何がなし春にむかへる心

茶畑も林も消えし富士見通りコンビニがありカラオケボックスがある

三十余年住みしこの地はデラシネの東京生まれわれのふるさと

三十分に一本だった西武線今は数分の間隔で来る

富士山が車窓に見ゆるところ覚え富士消ゆるまで見つむるならひ

祖父母逝き夫逝き母逝き飼犬も狭山市富士見の土に帰れる

身の近く犬猫がゐて鳥のゐる街にひと日ひと日のゆきかひ

円卓会議開きゐるのか雀たち淡雪溶けし黒土の上

レモン・グラスの香

家の灯のともりそめたる冬の街人にやさしきわれでありたし

犬つれし女夕闇より出でつチエホフともに読みしよ昔

コンクリートにおほはれむ地より救ひたり赤まんじゅしゃげ白き茶の花

一人にてわが住みをれどさびしとは思はず秋の雲のしろがね

わが視界越ゆる彼方へゆきしものら雨となり光となりて降りくる

この星にかたみに親と子と呼びて生きし偶然のおろそかならず

いつぱいに伸ばしたる手の指先に小さき灯りのともれるごとし

夜の明けのもつとも暗き冬空をわたる雷神に目覚めたりしか

夢のなかで馴れしたしみし道なりきさやさやレモン・グラスの匂ふ

あとがき

第七歌集『新しき命を得たり』を二〇一一年に上梓してから大分時間がたったこともあって、今回どのように集をまとめたらよいか見当がつかなかった。それまでは歌集を編もうとすると、おのずからテーマのようなものが浮かんできたのだったが……「歌集は出しておいたほうがいい。あまり間を置きすぎると出せなくなるから」という言葉を以前聞いたことがあったが、本当にその通りだと思った。

とりあえず遡って歌稿を読み返してみることにした。そうした作業をしているうちに、自分では忘れてしまっていたその折々の生活感情がよみがえってきて、その当時の自分に再び出会えた心持がした。歌は日記ではないが、心の日記ともいえるものかもしれないと思えてきた。

東京の杉並区高円寺という地で生まれ育ったのだが、戦火に追われて疎開し、戦後は縁あって埼玉県狭山市富士見に住みつき、何度かの転居をくりかえしつつ、生涯の多くの時間をその地で過ごした。しかし数年前再び都内に居を移すことになった。本歌集には、転居以前の歌を収録した。そうした背景もあって、歌稿を整理しているうちに「富士見」という集名が、自然に浮かんできた。

今回歌集を上梓するに際し、あらためて所属する「未来」「楡ＦＬＭ」「展景」の歌誌の有難さをしみじみ感じ、岡井隆様、また歌友の皆様方に心から感謝している。

また「飯塚書店創業70周年記念　現代短歌ホメロス叢書」へ参加させていただけたことは大変うれしく、店主飯塚行男様はじめ、御世話になった同書店の皆々様に心からかの感謝を申しあげる。

平成二十九年七月

結城　文

結城　文（ゆうき　あや）

昭和九年　東京生まれ
「未来短歌会」「楡ＥＬＭ短歌会」「展景」（同人誌）に所属
歌集『海底音』『青谺』『禱』『屋久島』『光る手』『八月十五日の雨』『新しき命を得たり』
「昭和九年生まれの歌人の会」代表
「インターナショナル・タンカ」発行人（国際タンカ協会会長）
日本歌人クラブ会員　日本ペンクラブ会員（電子文藝館委員）など

現代短歌ホメロス叢書

歌集『富士見』（結城文第八歌集）

平成二十九年十一月十日　第一刷発行

著　者　結城　文

発行者　飯塚　行男

発行所　株式会社　飯塚書店

http://izbooks.co.jp

〒一一二-〇〇〇二

東京都文京区小石川五-十六-四

☎ 〇三（三八一五）三八〇五

FAX 〇三（三八一五）三八一〇

印刷・製本　株式会社　恵友社

ISBN978-4-7522-1214-0